힙하게 살자
복잡한데 겉으론 단순한 척

힙하게 살자 복잡한데 겉으론 단순한 척

초판 1쇄 인쇄 2019년 1월 4일
초판 1쇄 발행 2019년 1월 11일

지은이 삼마

발행인 장상진
발행처 (주)경향비피
등록번호 제2012-000228호
등록일자 2012년 7월 2일

주소 서울시 영등포구 양평동 2가 37-1번지 동아프라임밸리 507-508호
전화 1644-5613 | **팩스** 02) 304-5613

© 삼마

ISBN 978-89-6952-312-9 03810

힙하게 살자

황 규문 지음

복잡한데
걸으론

단순한 청

경향BP

1

나는

날 좋아하는 것은 맞지?

앤 맨날.

여행

예전에 나는
우리가 너무 안 싸워서 신기했는데
어느 날부터 맨날 싸웠잖아.

그래서 이번 여행 갈 때는
"우리, 계약서를 쓰자." 했는데.
싸우지 않기 위해서.

다음에는 어디를 갈래?
더 멀리 더 오래.

추워

아 물론 너 편한대로
혼자 살아가는 것 좋지.
근데 이 세상 어차피 어울려야
살아남을 수 있는 곳인데,
그냥 아예 푹 들어가서 능숙하게
수영 좀 하다가 집에 와서
쉬는 건 어때.

내가 꿀팁을 줄게.
어디에도 속하지 않는다면 어디든 낄 수 있어.
외로움을 완벽하게 없앨 수는 없어도
완벽하게 외로운 순간도 없을 거야.

shiver: 떨다

착한 척은 정말 쓸데없는 것이다.
네가 참말로 착한 아이가 아니라면
굳이.

또

또 내 옆을 떠났다.
언제부터인지 나를 사랑해주던 사람들이
한 명씩 나를 떠났다.
그날부터 내 기도는 그랬다.
'하나님, 제발 저를 사랑하는 사람들을
더 이상 데리고 가지 말아주세요.'

삶의 지혜

이기는 방법이 참는 것은 아니겠다만,
내가 참을 수가 없어서 폭발을 해봤자
아무것도 할 수 없어서
넘어갈 만한 이유를 찾는다.

나의 용서가 그래서인가 생각해본다.
그러니 삶도 그러한가 생각해본다.
내가 이렇게 너그러워지는 이유가
아무것도 할 수 없어서가 아닐까.

그런 것 같다.
방법이 없으니 나를 타이른다.
누군가는 그것을 삶의 지혜라 한다.

삶의 지혜랑 합리화랑 많이 다른 거예요?

두 달 뒤에 보자, 얘들아

매일 하는 연락은 정말 지겹다는 생각이 든다.
예전에는 즐겨찾기에
나의 가장 친한 친구들이 있어야 했고,
우리는 매일 연락을 해야 했으며,
연락이 줄어들 때면 서운해졌다.

언제부터인가,
자주 다투고 화해하며
서로의 다름을 인정하면서부터였는지
각자의 생활에 대한 배려가 생겼고,
각자의 우선순위에 대한 질투도 사라졌다.
뜬금없이 오는 '보고 싶다.' 한마디에도 서운하지 않았다.
그 누구보다 든든했다.
그러니 두 달 뒤에 보자.

내 모습

너네가 착해서 그런 건지, 너희랑 있을 때면 생각없이 나하고 싶은 대로 행동하게 돼. 이런 날 또 이해해주고.

착한 것도 있지만, 우리가 그냥 비슷한 거야. 나도 지금 생각없이 있는 거야.

대구에서 자취를 하는
나의 고등학교 친구를 만나러 갔다.
내 일상이 지겨워서 생각을 버리러 내려갔다.
친구들을 만나니 18살의 나로 돌아갔다.
'이런 말을 하면 재미없을까?', '이 얘기를 해도 될까?'
눈치 보는 것 없이 하고 싶었던 얘기를 다 했다.
18살의 나를 상상하면서 행동했다.
그래서 기분이 좋았던 것일 수도 있다.
내가 정말 좋아했던 나의 때라서.
내가 좋아하는 나의 모습을
기억해주는 사람을 만나야 한다.
그때 함께한 사람들을 만나면
그때의 나를 상상하게 되고, 행복해진다.
나의 18살은 매우 자유롭고, 강했고, 당당했다.
그게 내가 좋아한 내 모습인가 보다.

여유롭게 살고 싶습니다

꿈꾸는 것은 좋은 거예요.
이룰 수 있다면요.

나는

어떠한 것은 아무리 궁금해도 들추어 보지 않는 것이 낫더라.

그래도 궁금했다.

비교

예전을 자꾸 그리워하고 있어요.

옛날의 나는 어쩜 그렇게 행복했지.

난 그때 어떻게 살았지.

사람들을 만나 웃고 얘기하고 뭐가 그리 즐거웠지.

요즘은 무엇 때문인지

사람을 만나는 것이 귀찮아요.

계속 피하고 있어요.

맘대로 살아주세요, 생각 안 나게

내가 주인공인데

왜 맨날 내가 참아야 해? 왜 내가 사과해야 해?
왜 내 평생을 그렇게 살아야해?
왜 나부터 말려, 내가 잘못한 거 없잖아.
지가 세상 주인공인 줄 아나 봐.

그날 정말 화가 많이 났는지
옷 갈아입는 도중에 나와서 화를 냈다.

ㅋㅋㅋㅋ ㅋㅋㅋ ㅋㅋ ㅋㅋㅋㅋㅋ
ㅋㅋㅋ ㅋㅋㅋ ㅋ ㅋㅋㅋㅋ ㅋ
ㅋㅋㅋㅋ ㅋ ㅋ ㅋ ㅋ ㅋㅋ

그래도 그때 그 말이 진짜일 수도
있겠다 생각하니까 엄청 죽을듯 슬프지는
않더라고. 그 순간은 편해졌으니까.
뭐. 감사하네.

그때는 하나를 생각하며 하루를 보냈다.

'오겠지. 올 거야. 그날이 올 거야.'

'시간이 지나면 괜찮아질 거야.'라는 위로에도

'아니, 그날이 오지 않는다면 아무리 시간이 지난다 해도

해결되는 게 아닌 거야.'라고 생각했다.

친할머니 말대로 시간이 해결해주었다.

우리는 점점 아픔을 잊었다.

시간은 사건이 아닌 우리 기억을 해결해주었다.

엄마, 우리는 왜 행복하면 안 될까.
아빠는 왜 우리는 행복하면 안 된다고 가르쳐주었을까.
남은 우리는 왜 작은 거에도 떨며 지내야 할까.

2017.06

솔직히, 이거 회피 아니지?

내일부터

그러자.
자, 지우자.
기억에서.

삶의 목적

인생이 너무 허무하고 별거 없어.
정해진 인생틀에 사는 것도 지겹고.

맞아, 허무하고 그냥 결국 쥐 흘러가는 시간이야.
그러니깐 목적이 있어야지. 너가 여기에 있는
목적, 왜 너가 사는지, 지금 너 자리에서 해야 하는 게
무엇인지, 너가 네 옆 사람들에게 무엇을 전해야 하는지.
그리 살아야 너가 보내는 시간들이 다 계획대로지.

나는 알면 알수록 허무주의에 빠졌다.

목적이 있어 봤자

내가 해낼 수 없다는 것을 알게 되었다.

내가 이룬다 할지라도

그것은 내가 이룬 것이 아니라고 인정해야 하는 것도.

이런 내게 누군가가 말했다.

"네가 진짜 안다면 허무하지 않을 것이야.

넌 진짜 아는 게 아니야."

2

함께

참 보고 싶다.
수학공식처럼 하루가 끝나고
집에 돌아가는 길엔
네가 너무 보고 싶다.

이상형

너와 있을 때 내 관종 심리가 사라진다.
아무도 나에게 관심을 주지 않아도 좋다.
우리 둘만 있어도 너무 행복하다.
아, 네가 잘생겨서는 아니다.

가을이 오려나

오늘은 늦은 저녁인데도
반팔 한 장에 후드 한 장이 적당해.
날이 정말 좋다.
우리가 손잡고 걸어 다니던 그날 같아.
우린 서로에 대해 정말 많이 몰랐던 것 같은데
그래도 뭐가 그렇게 좋다고,
두려움 없이 사람한테 뛰어든 내가 그리워.
겁 없이 당차게 사랑하려고 했던 내가 그립다.

자존심

너는 참
우리 아빠를 닮았구나.

별거

별거 없다.

진짜 없다.

있으면 억울할 것 같다.

사랑해서 같이 있고 싶었는데,
사랑해서 보내주어야 했다

눈물이 끊임없이 나왔다.
사랑하는데 끝내야 한다는 게 너무 억울했거든.
내가 뭘 했다고 사랑도 못하게 하나.
나는 쏟아져 나오는 눈물을 손으로 붙잡았어.
근데 너의 눈물을 보니까 차라리 내가 아프고 싶더라.
나 혼자 힘들고 싶다는 생각이 들더라.

그렇게 나는 그날이 마지막인 줄 알았다.

아니, 우리 둘 다 그렇게 생각했었지.

나만인가.

난 그랬어.

'네가 더 이상 견디기 힘들겠다.

나랑 있는 것이 너에겐 참 스트레스겠다.'

그걸 인정하는 순간,

'그래, 마지막이어도 괜찮아.'

잡고 있던 손이 놓아졌어.

사랑

나는 요즘 들어 정말 사랑이
미움을 이긴다는 것을 느낀다.
말만 번지르르한 이야기가 아니다.
확실히 사랑의 힘은 크다.
연애만이 아니다.
어떤 사랑이든
사랑의 힘은 강하다고 느낀다.

직면

'미안하다.'라는 말에도
사라지지 않는 배신감과 실망 때문에
내 마음이 여전히 아프다.
해결방법은 직면하고
받아들이는 것밖에 없겠지?
오, 그래. 넌 그정도였구나.

그냥 생각 없이 살래.
나 혼자 진지해졌다가
우리 같이 있던 시간을
나 혼자 그리워하고
그 순간을 상상하며 울고 있겠지.

보고 싶다 1

표정까지 너무 닮아서
정말 많이 보고 싶다.

정말 많이 보고 싶다.

보고 싶다 2

변한 그 사람이 보고 싶다

슬퍼…
사람은 변해.

난 사람은 결국 변하지 않는 것
같아서 슬퍼…

우리가 슬픈 이유는
변하지 않았으면 하는 것이 변하고
변했으면 하는 것이 변하지 않아서일 거야.

떠나서
돌아오지 않는
그 사람처럼.

마지막 전화

그렇게 나는 일주일 내내 울었다.

이제야 난

왜 나는 나를 먼저 생각하지 않았는지.
너와 내가 너무 다르다며 왜 자책했는지.
긴 머리를 좋아하는 너인데
왜 나는 머리를 못 기르는지,
나는 너에게 왜 안 어울리는 사람인지.
왜 나를 탓하고 나를 싫어했는지.
나는 왜 그렇게 내 자존감을 낮추었는지.

소통

그리운 거야, 함께 있던 순간이.
오랫동안 생각해봤다.
근데 우리가 멀어진 이유가 있지 않았을까.
분명 과거의 내가 확실한 무언가 때문에
너와 멀어지기로 다짐하지 않았을까.
그게 무엇이었을까.
내게 말해주렴.

대화법

'내가 말해도 내 얘기를 안 듣겠지' 라는 생각에
나는 처음부터 화를 내며 말해.
그럼 넌 내 그런 모습에 화가나서 말하겠지.

왜 화를 내고 그래? 그냥 말해도 되잖아.

내가 화 안 내면 듣지도 않을거잖아.

그걸 너가 어떻게 알어?
왜 맘대로 판단하고 행동해?

너 항상 그랬잖아.

내가 언제 항상 그래??

누가 먼저 변해야, 우리가
이 대화를 하지 않게
될까 고민해.

엄마가, 2018

애들아~ 너희가 정말 하고 싶은 말이 도대체 뭐니.

문제를 해결하는 방법이

오히려 더 큰 문제가 되는 것 같구나.

그냥 거슬리는 상대의 행동에

너희가 느끼는 기분을 말해봐.

그리고 원하는 게 있다면 정중히 부탁해서

상대가 들어주면 고맙고,

안 들어주면 할 수 없는 거지.

왜 다른 사람에게 화를 내면서 통제하려고 하지.

더 간절히 원하는 사람이 먼저 변하면 돼.

명심하렴! 바꿀 수 있는 것은

오직 자기 자신뿐임을 잊지 말고.

억울해하지 마. 너가 변하면 상대는 반드시 변하지.

한국은 사계절 국가입니다

보고 싶다 3

사실 많이 행복했다!
저 때.

친한 친구들, 어떠한가요?

나 혼자서도 잘 살 거야

네가 함께 있었기에 행복했던 거지. 내가 원래 행복한 네 옆으로 가서, 행복을 받은게 아니니깐.

그래서 나는 네가 사라져도 흔들리지 않고 내 감정을 내 것으로 잘 잡고 있을 수 있게 연습을 하련다.

넌 단 한 번도 날 사랑한 적이 없을걸.

우리 사진을 보면 느껴지거든.

넌 연애를 하고 싶었던 것 같아.

그냥 상대역이 나였을 뿐이고.

나는 이제 내가 노력해야 유지되는 관계가 지겨워.

자존감이 많이 높아졌거든.

내가 사랑받았으면 좋겠어.

내가 널 사랑했던 만큼.

나는 이제 날 사랑해주는 사람을 만났으면 좋겠어.

지금 내가 날 사랑하는 만큼.

우리는 매우 다르게 살아왔다는 것을 기억해야 한다.
다른 환경에서 다른 가치관으로 다른 상처를 붙잡고
다른 희망 안에서 자라나 만났다는 것을 알아야 한다.

3

불안

그 안에서 내 위치를 찾아.
샤샤샷!
그리고 그 자리에 앉아.
휴-
이곳이 내 자리야.
내 자리를 지켰다.
오늘따라 사람들이 자리를 자꾸 바꾸어 앉아.
그럼 난 좀 더 초조해지지.
내 자리를 빼앗기면 어쩌지.
사실 내 자리라는 건 원래 없잖아.
내가 서있는 곳,
그곳이 내 위치지.
불안해하지 말자.
내 존재 자체가 내 위치야.

이 깊은 곳에

나는 누구를 위해서.

아니 무엇을 위해서.

또는 무엇 때문에.

아니 누구 때문에.

툭 하고 내려놓기.
'스트레스 받으니까 안 할래.'
하는 심보 말고
주어진 것들 안에서 노력하지만,
놓아주어야 하는 것들은
자유롭게 놓아주기.

물소리

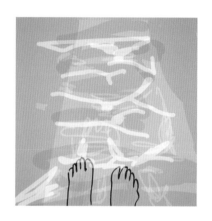

기억을 씻다가
아직은 지워지지 않았으면 했다.
희망고문처럼.
아직은 잊지 않아도 되지 않을까.
필요한 날이 올 수도 있잖아.
오지 않을 날을 위해
좀만 더 찝찝하게 있기로 했다.
좀만 더 미루다가 악취에 못 이길 때
그때
기억을 씻기로 했다.

방/
안에 남은 기억들/
감정들/

not yet

아직 나는
겁쟁이다.

네가 먼저 가봐. 너도 먼저 가봐.
너희 가는 것 보고 나도 따라 갈게.
내가 살아온 방법이다.
청춘도 미루어보았다.
공부만 하다 후회할 것 같아서
놀기만 하다 후회할까 겁이 나서
"애들아, 너희가 먼저 해보고 내게 후기를 알려줘."
내 20대가 휘리릭 지나가고 있었다.
겁쟁이라 미루면서 보냈다. 시간들을.

회상

가지지 못할 것을
보고만 있는 것은
힘든 일이에요.
그래서 회상은
힘든 거예요 .

원래

지키려고 하면 힘들어요.

가지고 있던 것을 빼앗기는 기분은

말로 못해요.

계산 중

그중 하나,
죄책감.

렌즈 깜빡했다

아는 만큼 보인다?
저는 적당히 알래요.
흐리게 보이는 실루엣만 으로
저기 저 앞사람이
걸어 내게로 오는 건인지
아니면 나를 떠나는 길인지
나를 향해 웃고있는지
화를 내고 있는지.
내 마음대로 상상할 수 있잖아요.

나는 늪에 빠질 때면
내게 최면을 걸었다.
나는 멍청이다.
생각 없이 사는 애다.
난 기억을 못하는 애다.

나야

그래서 나도 내가 이상한 앤줄 알았지.
그리고 평범한 애처럼 보이려고 노력했어.

아무 일도 없었던 것처럼 웃고,
즐거운 미래를 얘기하고
더 단순하게 살려고 애썼지.

왜 그랬을까.
나에겐 분명 무슨 일이 있었는데,
왜 아무 일도 없던 사람들에게
맞추어 살아야 했을까.

내가 그들보다 좀 더
슬픔과 아픔을 경험했을 뿐.

불안해할 만했고, 걱정이
많을 만도 했어.

나는 이상한 애가 아니야,

그러니

걱정하지 마

소나기

내 자리에서 잘 견디고 있었는데
토닥토닥 어깨를 두드리며 비가 내린다.
물웅덩이만 남기고 사라질 거면서
토닥토닥 등을 두드린다.
흔들리지 말자! 기대지 말자!
곧 그칠 비다.

없나

정말, 어디에도 없을까.
안정적인 사람.
변함없이 내 손을 잡아줄 사람.
낮은 자존감이 계속해서
'날 사랑해 줄 사람은 없을거야'를
속삭이고 그래.

넌 사람에 대한 환상이 있구나,
그런 사람은 없고, 모두가 변해.

다른 사람들은 그런 사람하는것같아 보이던데.

그래? 어쩌냐 우린.

나는
알면서도 묻는다.

이 세상에 믿을 사람이 없다는 것을
알면서도

사실 지금도 기다린다.
누군가를.

과정보다 결과

과정보다 결과, 결과는 성장이라 좋았다.
그러나 그 과정 중에 겪었던 아픔과 상처는,
그 감정은 여전히 느껴진다.
과정보다 결과, 아직은 받아들이기 힘든 말이다.

행복은 뭘까?

음,
죽어도 줄지 않는 것.
나누어도 나누어지지않는것.
주려고 해도 주지 못할 수도 있는 것.
받으려 해도 받지못할 수도 있는 것.
누군가로부터 받지 않아도
스스로 얻을 수 있는 것?

행복하지 않아서
동생에게 고민상담을 했다.
"누나는 왜 꼭 행복하려고 애써?"
라는 질문에 할 말이 없었다.
"좋은 감정이잖아.
좋은 걸 가지려는 건 당연한 거 아니야?"
라는 쥐어 짜낸 답에
동생은
"애써서 얻은 게 좋은 감정일까.
누나가 느끼는 모든 감정들이
다 좋고 필요한 감정들이야.
우울도 외로움도."

합리화 1

내일도
또 하고 싶은 일 하고 여기로 들어와야지!

합리화 2

대단한 것 같아.
"다 이렇게 살잖아."라며
합리화로 넘어갈 수도 있는 일들을
잘못으로 인정하고,
자신을 솔직하게 고백하는 모습이
너무 큰 사람 같아.

합리화 3

잘 살기로 했다. 합리화로 나름 잘 살아왔는데
진짜 그 사람이 후회하게 잘 살기로 했다.

그날엔 내가 너무 빛나서 너가 꼭 울었으면 좋겠다.
손에서 피가 나도록 땅을 치고,
무릎을 꿇고 용서를 빌어도
제일 잔인하게 눈길조차 주지 않고 가고 싶다.
지금 아빠가 준 이 상처가 그땐 아물어 있겠지.
똑같이, 아니 그보다 더 큰 상처로 돌려주면
내 상처는 비교적 덜 아픈 것으로 기억되겠지.

한 뿌리

내가 나를 한심하게
여기니, 다른 사람들도 날 그리
여길 거라 생각하나 보다.
결혼과 거기에 대한 다른 것인데
여전히 모르나 보다, 나는.

열등감과 우월감은 한 뿌리다.

내가 내 모습을 그대로 받아들이지 못하니
남들과 끝없이 비교하며
때로 우월감이 들 때는 겸손으로 숨기곤 한다.
그런데 왜 나는 열등감이 느껴질 때는
자기비하를 하는지 모르겠다.

그래도 뷔페를 좋아합니다

살 만할 때쯤 숨이 막힌다고 느낀다.
아니다, 숨이 막힌다 할 때쯤 보면 살 만할 때이다.

1분 1초 모든 신경을 한곳에 써야 했던 그때엔
고민할 틈도, 걱정할 틈도 없이
선택지 하나로 달려야 했기 때문이다.

이제 와서 내가 택할 수 있는 길이 여러 개가 되어버리니
숨이 막힌다는 느낌이 든다.

정리된 공간을 좋아해.

4

이것은, 이곳은

두루뭉술한 것 말고 구체적인 것.
이리저리 어지럽혀져 있는 곳 말고,
정리되어 있는 곳.

방황 1

틀에서 벗어난다는 것.

누군가에게는 방황이겠지만
깨달은 자에게는 성장이지.

방황 2

방황이 무조건 나쁜 것은 아니다.

방황에는 길을 찾기 위한 방황이 있고,
현실이 주는 두려움을 피하기 위한 방황이 있다.
그건 내가 선택할 수 있다.
방황은 분명 나쁜 게 아닐 거다.

왜 그럴까

상대방을 깎아 내려야만
자신의 자존감이 높아지는 사람이 있다.
남을 꼭 무시해야 사는 사람이 있다.
열등감인가 싶은데, 그건 아니라고 화를 낸다.

버리세요

기록해 봅시다 1

우울한 날엔 행복했던 기록들을,
행복한 날들에 빠져 우울함을
형편없는 감정으로 여길 땐 나의
외로움을 적은 기록들을....

바보로 살아야 이길 수 있습니다

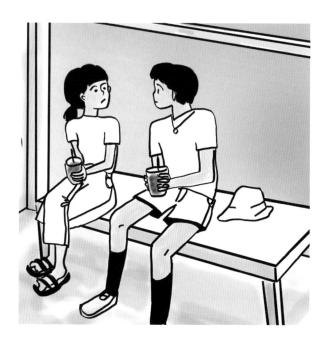

지피지기면 백전백승이라며,
나는 더 알수록 세상이 무서워져.

기록해 봅시다 2

생각을 정확히 표현하는 일은 힘들어.
두루뭉실하게 '아, 최그냥 그래.'라고 말게 아니라.
'이것. 그리고 저것.'이라 해야해. 그래야 넌 내가 이해할 수 있어.
그렇게 명확한 표현이 불편하다는 것은 알아. 너의 복잡함을
정확하게 전달할 수 있는 단어는 없을 테니.
그러나 너의 심정에 가장 비슷한 단어들을 떠올려
그것을 얘기해준다면 널 이해해주고픈 상대방은
편안해질거야.

웃는 얼굴이 떠올랐다

자꾸 생각난다.
사진을 계속 본다.

SNS

오, 근데 이거 뭔가 힙해 보인다.

인스타각.

빅 픽처

항상 미리 말 안 해준다.
계획 같은 거.

케이크 중에 치즈케이크를 좋아합니다

난 항상 여행 가기 전날이,
맛있는 걸 먹기 바로 전이,
방학보다는 방학 전날이
가장 벅차고 행복했어.

그래서 저 케이크를 먹지 못하나 봐.

먹으면 케이크과 함께 나의 행복이 사라질까 봐
사랑을 하면 실망과 함께 떠나갈까 봐
아무것도 하지 못했어.

하지만 케이크는 날 기다려주지 않았어.

먹어보지도 못하고 버려야만 했지.
그리고 그때서야 생각해.

'아까워.'

유통기한이 많이 지났어.

지난 건데 왜 아직도 끄집어내.

아까워하지 마.

아까워서 먹는다고 좋을 게 없잖아.

아플 거야.

그냥 버리자 그건.

괜찮아.

다음엔 아깝지 않게

유통기한 내에 행복을 다 누리자.

이제 그만.

용서하기 싫으면 하지 말고!
이러든 저러든 난 네 편이거든

제게 물을 확 부어놓고 수건으로 이쁘게 닦아주시면
제가 물 맞은 기억이 사라져나요. 이쁜 기억으로 남아요.

그래도

"네 잘못이야."라고 말하는 인간보다는 괜찮네.
용서가 안 되면 하지 마! 그러나 그것도 힘들다면
너를 위해 용서해.

대단한 사랑을 베풀라는 것이 아니야.
용서할 수 없어 분노하는 그 힘든 시간까지
너의 몫이라는 게 너무 억울해서야.

구해주세요

틀린 말 하나도 없었다.

내 맘대로 해서 좋을 것 없었다.
원망할 대상 없었다.

나를 미워하기엔 죄책감에 견딜 수가 없었다.
할 수 있는 것이 하나밖에 없었다.

'도와주세요.'

살고 싶었다. 그냥 살아만 있는 것 말고,
진짜 살고 싶었다.

튀지 말라고 하셨잖아요

아이고 잘 살아보세

not only you

제발 아직도 모르는 사람 있다면
알았으면 좋겠다. 다 똑같다.
진짜 나만 찌질한 게 아니라
다 똑같다, 그 모습.

어른이 됩니다 1

난 참 느리게 크는 것 같아.
이 나이가 되어서 이제야 조금씩 깨닫는다.
나의 생각과 입장을 정확하게 표현하는 것이
나 뿐만 아니라 상대방을 위한 일이라는 것.
가끔은 단둘이 있는게 어색한 친구가 더 오래
연락할 친구라는 것. 가식을 싫어하며 피해다니다간
혼자가 되어 버린다는 것.

내가 혼자 밤을 보내며 외롭다고 생각할 때
내 친구도 그런 생각으로 밤을 지냈다는 것.

누군가는 나를 정말 소중한 사람으로
여겨주고 있다는 것.
내가 혼자라고 생각하는 지금도.

후회하는 밤

웃으며 잘 어울리는 법 전에
기분 나쁜 말을 들었을 때 바로 내 감정을 솔직하게
전달하는 법을 먼저 배웠어야 했는데.

내 일그러진 얼굴에 상처 받을 상대방의 마음보다
일그러진 내 자신의 마음을 우선할 줄 알아야 했는데.

어른이 됩니다 2

왜 어른들은 솔직해지지 못할까, 감정을 숨기기 때문에 서로 대화를 못하는거다. 라고 생각했는데, 언제나 솔직함에는 나비효과처럼 가슴아픔이 더했고.

추억 먹는 새벽

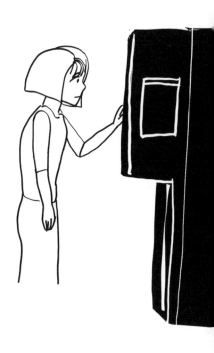

난 새벽에
냉장고를
열어본다.

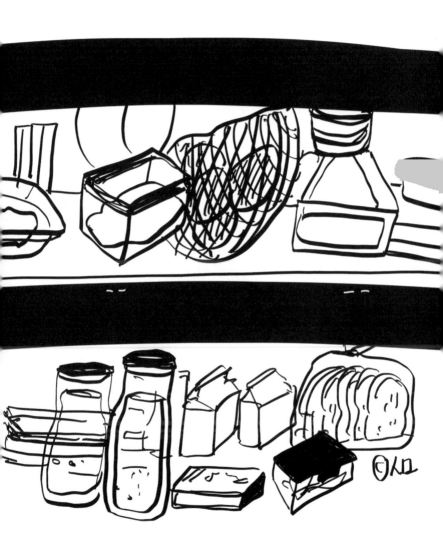

앉은 종류의 음식들이 들어 있다.
어떠한 것들은 너무 매워서 눈물을 흘리게
만든다.

어떠한 것들은

나는 때때로 새벽이 되면 냉장고 문 앞에 서곤 한다.
냉장고 안에는 어제 먹은 인스턴트 음식도 있고,
용기에 담긴 반찬들도 있다.
당장 당기는 종류의 음식을 찾는다.

어떠한 것은 너무 맵고 짜서 내 몸의 수분을 빼앗는다.
또 어떠한 것들은 달달하여 기분을 좋게 만들어준다.

새벽에 꼭 이상하게도 유통기한이 지나 곰팡이가 핀
하얀 생크림이 올라간 디저트가 땡긴다.

먹으면 분명 배탈이 날 것을 아는데,
그 맛이 정말 달콤했기에 유혹을 뿌리칠 수 없다.
처음 샀을 때처럼 내게 행복을 줄 맛일 거라 착각하며
그 빵을 꺼내 먹는다.

아프다.
분명 단것을 먹었는데.

감사함 어디로 갔을까?

A: 언니 예전에는 정말
   걱정 없어 보였는데.
   그래서 언니를 보고 있으면
   기분이 좋아졌었어. 근데
   요즘에는 언니도 걱정이
   많은 것 같아.

B: 나는 고등학교때 바닥을 치고 내려간 것 같은
   사건이 있었거든, 그때 아 더 이상 나한테 아무것도
   남은 게 없고 더 이상 빼앗길 것도 없다 싶었었어....
   그래서 걱정이 없었던 것 같아.

B: 근데 오히려 점점 하나씩 가지면서
   행복해지고 하니까 더 불안해지더라.
   다시 또 다 잃을까봐 두렵고, 그때보다
   가진게 더 많은데 마음은 반대네.

겁쟁이입니다

강하지 않으면
약한 것이다.
냉정하지 않으면
지는 것이다.

아빠는 이미
알고 있었다.

겁이 많은 나는 아무것도 못할 것을.

감사함을 되찾고 싶다

나는 날 위해 종종 떠올리는 기억이 있다.
신기하게도 그건 사랑을 받던 때도, 무엇을 얻었을
때의 기억도 아니다.

아무것도 없어서 사소한 것에도 감사했던 때의 기억이다.

다이어리 구매할 때쯤

매우 빠르게 가을이 왔다.

저 주황색은 다 떨어지고
세상은 흰색으로 가득 찰 것이다.
그러면 또 새 다짐을 하고 있겠지.
새롭지 않은 다짐이지만
새로운 척하고 있겠지.

예를 들면,
이제 일찍 자고 일찍 일어나야지!

그래도 너무 눌리지는 않았으면 좋겠다

엄마는 내 마음대로 살라고 했다.
내 맘대로 아무렇게나
어차피 내 행동에 대한 책임은 내가 져야 하니
지고 가야 할 것의 무게를 생각하며
마음대로 살라고 했다.

5

좋은 걸 좋아해요,
간단하게

난 그래도 잔소리하는 엄마가 더 좋은데,
그리고 좋은 말만 하는 사람은 매력이 없지 않냐.
그 생각으로 살아왔는데 이제 알 것 같다.

좋은 게 좋은 거다.
잘해주는 사람이 좋다.
반전.

왜 내가 진짜 혼자일 때는 안 왔어?

그러면 어떻게 해요?

밤에 너와 한 통화

너의 생각을 표현하지 않는 것은
상대에게 맘대로 너를 판단하라고 하는 것이라고.

그러니 네가 어떤 생각을 가지고 있는지,
네가 어떤 사람인지 말로 표현을 하면서
경계선을 허락 없이 침범하는 사람으로부터
너를 지켜야 해. 마음과 행동이 일치하도록 해.

꿀꺽, 숨 막히는 관계를 유지하기 시작했다

해결해주지 않는 것도 있었다.
피하고 피하다 보면 시간이
나의 감정을 녹여줄 것이라 믿었는데,

시간이 지날수록 너에 대한 나의 생각은 더 굳어졌다.

내뱉어야 했던 나의 생각은 입 밖으로 나오지 못하고
결국 마음에서 굳어졌다.

우리는 다시 돌아갈 수 없을 거다.
하나가 굳어졌기 때문이다.

뭔가 깨질 수 없는 것이.

한 명

힘듦을 택하는 사람은 결국 한 사람이다.
더 힘든 사람은 분명 있다.
책임지기로 한 사람.

진정성 1

위로엔 정답이 없다.
잡고 나올 수만 있다면,

진심이 느껴진다면

진정성 2

괜찮아, 새로 시작해도 돼

사실 새로 시작하는 것은 불가능하다.
과거의 것이 지워지지는 않으니.
그래도 새로 시작하는 마음으로
살아가는 것은 누구도 막을 수 없을 거다.
난 새시작의 마음으로 살 것이다.
강 그러고 싶으니.

이상한 세상

사랑의 힘

민들레 꽃

민들레 꽃이 불쌍해.
이렇게 하얗게 되어서 씨앗들을 그 약한 힘으로
꼭 붙잡고 있다가 바람이 불면 다 날아가 버려서
혼자 초라하게 남잖아.

해야 할 일을 다 한거여.
보내주어야 할 것들을 보내주는 것이여,
씨앗들이 또 이쁜 꽃이 되도록
외로워도 보내주어야지.

난 그래도 할머니
옆을 떠나지
않을래.

이제는

이런 게 왜 싸가지 없는 건가요?
저는 그냥 제 사람들에게
더 주고 더 표현해주고 싶은건데,
전 그러고 싶어요.

자신의 소중한 사람들에게
사랑을 주는 것은 좋은 일이지,
아무도 널 나쁘게 평가하지 않아.
그럴 자격도 없지.

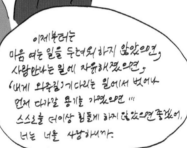

난 너를 위해 한 말이야.
너의 그런 마음이 너의 대인관계를
방해하지 않았으면 좋겠어.
상처받기 싫어서 '저 사람은
내 사랑이 아니야?'라는 포장지로
너를 숨겨두지 않았으면 좋겠어.

이제부터는
마음 여는 일을 두려워하지 않았으면,
사랑만나는 일에 자유로웠으면,
'내게 와줄래?'기다리는 일에서 벗어나
먼저 다가갈 용기를 가졌으면…
스스로를 더 이상 힘들게 하지 않았으면 좋겠어.
너는 너를 사랑하니까.

so chill

내가 쿨하지 못한 건지
　　모두가 그렇게 사는지
　　　아니면 내가 화를 내도
　　　　되는 상황인지.

나보고 어쩌라고.

그냥 넘어가기에는 찝찝하고
화를 내기에는 찌질해 보일 거 같고

내가 잘못한 게 없진 않고.

대신 살아줄 사람은 없습니다

대신 해줄 수 없는 게 많더라.
아플 때 대신 아파줄 수 없고,
시험을 대신 봐줄 수도 없다.
인생을 대신 살아줄 수도 없고.
결국 인생에서 일어나는 모든 일은
내가 감당해야 하니 피하지 말자.

still

지금도

very young.

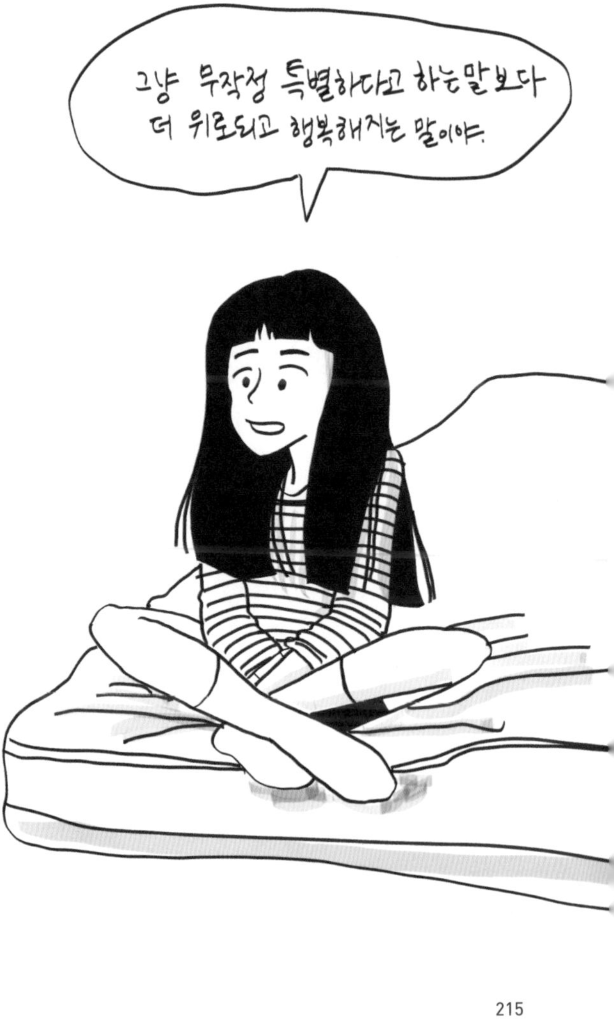
그냥 무작정 특별하다고 하는 말보다
더 위로되고 행복해지는 말이야.

6

나는
제주도에
간다

나는 제주도에 간다

나도 그런적 있어. 한참을 후회했는데 엄마가 이렇게 말해주더라고...

그땐 그게 옳은 길 이었을 거야. 또 그 선택이 최선이었을 거고, 그러니 자책말어.

헐. 갑자기 그때의 나를 계속 꾸짖은 게 미안해진다..

그래, 맞아. 나 그럼 절대 후회같은건 하지 말아야겠지? 이제 갈 앞길만 보면 될까?

아니지! 소정아 후회는 해야하는거야. 그래야 우리가 다시는 가지않기로 다짐한 그곳으로 안돌아간다 그리고 후회를 해야 더 나은 길을 찾게 되지. 너무 깊은 늪에만 바지지만 마 적당한 후회후 다시결심.

나 이제 늪에서 나올래.

아 서열 하니까 갑자기
짜증난다. 우리집에 진짜 서열1위 알지?
내 동생이 진짜야.

걔는 그냥 무작정 화를 내는애거든?
듣기 싫은 말 못듣고 하고 싶은대로 하고,
그러니까 우리집에서 걔한테 뭐라
할수 있는 사람이 없어. 근데 난 그게
너무 싸증나는 거야. 착하게 네 네 하는
사람만 일을 다해. 듣기 싫은 말도 듣고.

진짜 듣기만 하는 건데도 괴롭다.
이 세상이 그런 것 같지 않냐?
결국 '네' 하는 사람한테 더 시키고
더 바라고. 화내는 사람들
한테는 발도 안 해요.
그 화내는 애들은 또 자기애
정신인 척할 듯. 너무 이기적이야.

난 그래도 부러워.
우리가 뭐라 해봤자
결국 편한건
그들일 뿐.

음

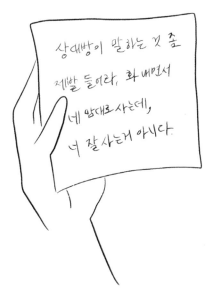

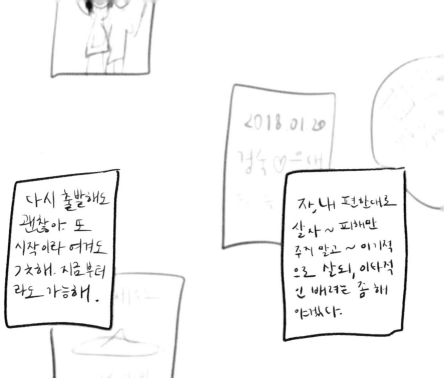

너가 맨날 네, 네 해서
그래, 너도 그냥 화내.

야 누나 한테 하나 쓰고가라.
여름 방학때 여행 여기로 오신다며.

244

나는 그 기준을 아직도
모르겠다. 마이웨이의 기준.

끝.

TO DO
LIST
☑ make
room
clean
☑ sleep

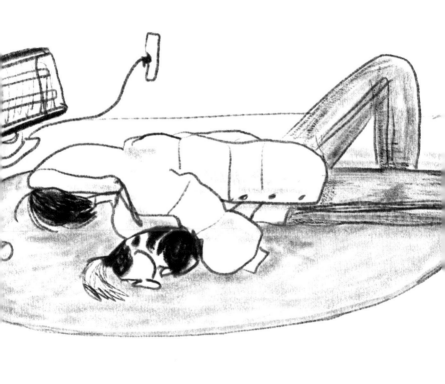